Königsberg · Henze

Meisterdetektiv Benjamin Katz
Das Gespenst im Garten

Dieses Buch gehört:

____

Katja Königsberg

Meisterdetektiv Benjamin Katz

Das Gespenst im Garten

Mit Bildern von
Dagmar Henze

Ravensburger Buchverlag

Die Deutsche Bibliothek – CIP-Einheitsaufnahme

Meisterdetektiv Benjamin Katz:
das Gespenst im Garten / Katja Königsberg.
Mit Bildern von Dagmar Henze.
[Red.: Denise Vöhringer]. –
Ravensburg: Ravensburger Buchverl., 1999
(Der blaue Rabe: Allererster Lesespaß)
ISBN 3-473-34138-X

Die Schreibweise entspricht den Regeln der neuen Rechtschreibung.

3 2 1 99 00 01

Ravensburger Blauer Rabe

Umschlagbild: Dagmar Henze
Redaktion: Denise Vöhringer
Printed in Germany
ISBN 3-473-34138-X

Benjamin Katz
sitzt auf dem Sofa
und blickt zur Tür.
Er hofft auf Kundschaft.
Benjamin Katz
ist Detektiv.

Er hat schon
viele Fälle gelöst.
Nun wartet er
auf den nächsten.

Da klopft es an die Tür.
Draußen steht
Bruno von Bellheim.
Er keucht:
„Du musst mir helfen!“
„Komm rein!“,
sagt Benjamin Katz.
„Im Sitzen
spricht es sich leichter.“

Bruno von Bellheim fällt
ächzend in einen Sessel.
„Man hat mich
gerade bestohlen!
Acht Hühnerbeine
sind weg.
Ich hatte sie eben gebraten
und zum Abkühlen
ans offene Fenster gestellt."

„So ein Leichtsinn!“,
ruft Benjamin Katz.
„Hast du den Dieb
noch gesehen?“

Der große
Bruno von Bellheim sieht
plötzlich ganz klein aus
und fängt an zu stottern:
„Der Dieb ...
Ja, weißt du,
der Dieb
war – ein Gespenst.“
Da staunt Benjamin Katz.
„Ein Gespenst?
Am hellen Tag?
Wo kam es denn her?“

Bruno von Bellheim erzählt:
„Es drückte sich
durch das Gartentor.
Das hatte ich eben
mit grüner Farbe gestrichen.

Alles sollte schön aussehen.
Ich bekomme nämlich
heute Abend Besuch.“
Benjamin Katz nickt.
„Darum hattest du auch
die Hühnerbeine gebraten.“
„Genau!“,
sagt Bruno von Bellheim.
„Meine Freunde
kommen
zum Kartenspielen.
Sie bleiben wie immer
zum Abendbrot.“

Benjamin Katz
versinkt in tiefe Gedanken.
Dabei kaut er
einen Kaugummi
mit Fischgeschmack.
Das hilft ihm immer
beim Überlegen.

Endlich sagt er:
„Ich übernehme den Fall.
Am besten komme ich
noch heute Abend vorbei
und schaue mir alles an.“

Bruno von Bellheim
geht schnell nach Hause.

Er brät neue Hühnerbeine.
Diesmal zehn.
Er will
auch Benjamin Katz
zum Abendbrot bitten.

Benjamin Katz
kommt genau richtig.
Bruno von Bellheim
hat die Hühnerbeine
gerade serviert.

Seine drei Freunde
sitzen am Tisch:
Dagobert Dackelmann,
Schorschi Schnauz
und Kilian Kläff.
Alle greifen tüchtig zu.
Nur Kilian Kläff isst
keinen einzigen Bissen.

Er sagt:
„Ich habe mir leider
den Magen verdorben.“

Nach dem Abendbrot
sieht sich Benjamin Katz
überall um und
macht sich viele Notizen.

Er will auch noch
die Nachbarn befragen.
Aber den Weg
kann er sich sparen.
Die Nachbarn
sitzen nämlich am Tisch.

Dagobert Dackelmann
wohnt rechts,
Schorschi Schnauz links,
Kilian Kläff gegenüber.
Alle drei sagen,
sie hätten den Dieb
nicht gesehen.

Dagobert Dackelmann hat
um die fragliche Zeit
ein Schläfchen gemacht.

Schorschi Schnauz ist
auf dem Markt gewesen.
„Was hast du denn
Schönes gekauft?“,
fragt Benjamin Katz.

„Hühnerbeine“,
sagt Schorschi Schnauz.
„Die sind
mein Lieblingsgericht!“

Kilian Kläff hat
Wäsche gewaschen und
auf die Leine gehängt.

Bald darauf
wollen alle
nach Hause.
Bruno von Bellheim
bringt sie zur Tür.
Dagobert Dackelmann
geht nach rechts.
Schorschi Schnauz
geht nach links.
Benjamin Katz geht
mit Kilian Kläff
über die Straße.
Im Garten hängt
Kilians Bettwäsche.

Sie schimmert im Mondlicht.
Benjamin Katz geht
an der Wäscheleine entlang.
Einmal bleibt er stehen
und nickt.
„Alles schön sauber,
nicht wahr?“,
fragt Kilian Kläff.
„Fast alles!“,
sagt Benjamin Katz.

Dann will er schnell heim.
Er muss noch
einen Kuchen backen.

„So spät?“,
wundert sich Kilian Kläff.
„Ja, morgen kommt Besuch!“

Zu Hause eilt
Benjamin Katz ans Telefon.
Er ruft
Bruno von Bellheim an.

„Komm schnell vorbei!
Wir fassen den Dieb
noch heute Nacht.“

Eine Stunde später
sitzen Benjamin Katz
und Bruno von Bellheim
hinter der Gartenhecke.
Am Fenster duftet
der frische Kuchen.

„Mit Speck
fängt man Mäuse“,
flüstert Benjamin Katz.
„Und mit Kuchen
fängt man Gespensterdiebe!“

Da knarrt das Gartentor.
Im hellen Mondlicht
schwebt ein Gespenst
durch den Garten.

Es schwebt
zum Küchenfenster.
Es greift nach dem Kuchen.

Lautlos schlüpft
Benjamin Katz
hinter der Hecke hervor.
Er packt das Gespenst
an seinem Gespensterkleid.

Bruno von Bellheim
wird es angst und bange.
Doch was ist das?
Das Gespensterkleid
ist nur ein Bettlaken!
Und unter dem Bettlaken
steckt Kilian Kläff.

„Hier ist der Dieb!“,
sagt Benjamin Katz.
„Na so was!“,
ruft Bruno von Bellheim.

„Mein Freund ist ein Dieb?“
„So ist es“,
sagt Benjamin Katz.

„Schon beim Abendbrot
hatte ich einen Verdacht.
Er hatte als Einziger
keinen Appetit.“

„Na klar“,
sagt Kilian Kläff.
„Da hatte ich schließlich
bereits jede Menge
Hühnerbeine verdrückt.“

„Und bald darauf sah ich
den Farbfleck“,
sagt Benjamin Katz.

„Welchen Farbfleck?“,
fragt Kilian Kläff.

„Auf einem Laken
in deinem Garten!“,
lacht Benjamin Katz.
„Die grüne Farbe
von Brunos Gartentor
war auch nach der Wäsche
noch drin!
Also wusste ich,
dass das Gespensterkleid
dein Bettlaken war.“

Da gibt Kilian Kläff
alles zu und erklärt:
„Es tut mir Leid, Bruno!

Aber alles, was du kochst,
schmeckt so gut.
Bei mir gibt es
jeden Tag Käsebrot.
Dabei mag ich so gern
Hühnerbeine und Kuchen.
Aber ich kann leider
weder kochen noch backen.“

Benjamin Katz und
Bruno von Bellheim
sehen sich an.
„Dann musst du es lernen“,
sagt Benjamin Katz.
„Wir zeigen es dir“,
nickt Bruno von Bellheim.

„Und jetzt?“,
fragt Kilian Kläff.
„Jetzt essen wir Kuchen!“,
sagt Benjamin Katz.
„Der Fall ist
schließlich gelöst!“

Katja Könisberg wurde in Köln geboren, machte nach dem Abitur eine Buchhändlerlehre und studierte anschließend Germanistik, Anglistik und Kunstgeschichte. Für den „Blauen Raben“ hat sie bereits die Geschichten „Ein Freund für Jakob Bär“ und „Ein Gespenst auf dem Dachboden“ geschrieben.

Dagmar Henze wurde 1970 in Stade geboren. Sie hat in Hamburg an der Fachhochschule für Gestaltung Illustration studiert. Heute lebt sie in Hamburg und illustriert Kinderbücher. Für den „Blauen Raben“ hat sie die Bilder für die Geschichte „Christine – Freunde gibt es überall“ gemalt.